AF312753

VENTE DES 14 ET 15 MARS 1887

A VALENCIENNES

CATALOGUE
DES TABLEAUX
DESSINS, ESTAMPES

ET OBJETS D'ART

COMPOSANT LE CABINET

DE FEU M. N. REGNARD

ANCIEN AVOCAT, ANCIEN REPRÉSENTANT DU PEUPLE

VALENCIENNES

LEMAITRE, LIBRAIRE-ÉDITEUR

RUE DU QUESNOY, 14 ET 16

1887

ANZIN, IMPRIMERIE DE RICOUART-DUGOUR.

CATALOGUE

DES TABLEAUX

DESSINS, ESTAMPES

ET OBJETS D'ART

COMPOSANT LE CABINET

DE FEU M. N. REGNARD

LA VENTE AURA LIEU

LE LUNDI 14 MARS

A DEUX HEURES DE RELEVÉE ET A HUIT HEURES DU SOIR

ET LE MARDI 15 MARS

A DEUX HEURES DE RELEVÉE

A LA SALLE DES VENTES PUBLIQUES

PASSAGE BOCA, 2, A VALENCIENNES

Par le ministère de Me P. CARPENTIER, commissaire-priseur

assisté de M. Victor PAPILLON, expert

CONDITIONS DE LA VENTE

La vente se fait expressément au comptant.

Les acquéreurs paieront en sus du prix d'adjudication, dix centimes par franc, applicables aux frais.

Il y aura *exposition publique* de tous les objets mis en vente le dimanche 13 mars, de dix heures à midi et de deux à quatre, et *exposition particulière* le lundi 14, de dix heures à midi.

Les lots seront réunis ou divisés au gré de l'expert.

Aucune réclamation ne pourra être admise une fois l'adjudication prononcée.

M. Victor PAPILLON, marchand d'estampes, 38, rue·de Loxum, à Bruxelles,

et M. LEMAITRE, libraire à Valenciennes,

se chargeront de remplir les commissions qu'on voudra bien leur confier.

CATALOGUE
DES TABLEAUX
DESSINS, ESTAMPES
ET OBJETS D'ART

COMPOSANT LE CABINET

DE FEU M. N. REGNARD

ANCIEN AVOCAT, ANCIEN REPRÉSENTANT DU PEUPLE

VALENCIENNES
LEMAITRE, LIBRAIRE-ÉDITEUR
RUE DU QUESNOY, 14 ET 16

1887

ORDRE DES VACATIONS

———

LUNDI 14 MARS

MARDI 15 MARS

———

CATALOGUE
DES TABLEAUX
DESSINS, ESTAMPES
ET OBJETS D'ART

COMPOSANT LE CABINET

DE M. N. REGNARD

TABLEAUX

DE BRAUWÈRE (d'après)

1 — Le Fumeur.

Panneau h. 13, l. 11.

COROENNE Henri (de Valenciennes)

2 — La Fileuse (1876). Signé.

Panneau h. 46, l. 38.

DEMARNE J.-L. (Attribué à)

3 — Paysage avec cavaliers.

Toile h. 40, l. 32

FRAGONARD (Attribué à)

4 — Un Berger et une Bergère lisant.

Panneau ovale h. 20, l. 25.

5 — Jeune fille assise caressant un chien, elle est surprise par un jeune homme, panneau ovale, pendant du précédent.

1

JORDAENS (d'après)

6 — Hercule enfant.

> Toile h. 1 m. 31, l. 91.

LANCRET (attribué à)

7 — La comédie italienne.

> Panneau h. 30, l. 24.

8 — Même sujet, pendant du précédent.

MONNOYER B. (d'après)

9 — Bouquet de fleurs dans un vase richement décoré.

> Toile h. 41. l. 31.

10 — Bouquet de fleurs dans un vase de même genre, pendant du
précédent.

PATER J.-B. (d'après)

11 — L'Enlèvement de la lettre.

> Panneau h. 23, l. 17.

12 — La Déclaration, pendant du précédent.

PRUDHON (attribué à)

13 — La Séduction.

> Toile h. 72, l. 57.

TÉNIERS d'après)

14 — Le Fumeur.

> Panneau h. 18, l. 12.

15 — Le Buveur.

> Panneau h. 18. l. 12.

16 — Le Liseur.

> Panneau h. 13, . 12.

17 — Homme tenant un broc.

> Panneau h. 11, l. 10.

ZACHT-LEVEN (attribué à)

18 — Vieille femme en état d'ivresse.

Panneau h. 24, l. 16.

INCONNUS

19 — Portrait d'homme portant la légende suivante :

      Si quæris qualis CVIACIVS, ecce figuram
      Si quæris quantus, dicere nemo potest.
   En bas dans l'angle droit : *ætatis 65, 1587.*

Panneau h. 19, l. 14.

Il sera remis à l'acquéreur une belle gravure de ce tableau par Rousselet, datée de 1658.

20 — Tête de vieillard.

Panneau h. 13, l. 11.

21 — Halte dans un bois.

Panneau h. 57, l. 46.

GRAVURES

AUDRAN (G.)

28 — Triomphe de Maxence, d'après C. Le Brun. Grande p. en
4 morceaux.

29 — Jésus-Christ en croix, d'après C. Le Brun, grande p. en
3 morceaux. (*Tirage moderne*).

BAUDOINS (A.-F.)

30 — Paysages, d'après Van der Meulen, 12 pièces, *belles épreuves*.

BELLA (E. della)

31 — Divers vases, 6 pièces. — Marines, 8 pièces. — Décorations
théâtrales, 6 pièces. — Scènes militaires, etc., 59 pièces ;
belles épreuves.

32 — Différents sujets, 38 pièces, *belles épreuves*.

33 — Têtes de Bacchus, Têtes de guerriers, etc. 11 pièces.

BLAISOT (Collection)

34 — Portraits pour illustration de livres, 47 pièces.

BLOEMAERT (C.)

35 — L'Age d'or. — Sainte Marguérite. — Sainte Marie Madeleine.
— Saint Jean, etc., 23 pièces.

BOUCHER (d'après F.)

36 — Les Grâces au bain. — Les Nymphes au bain, par Ryland et
Ouvrier, 2 pièces, *belles épreuves*.

37 — Les douceurs de l'été. — La bonne aventure. — La muse
Erato. — L'amant pressant, par Moitte, Aveline, Daullé,
4 pièces.

38 — Le sommeil de Vénus. — Berger et bergère. — Bain de nymphes.
— Jeune enfant. — Allégorie du dessin. — Un Plafond; par
Aubert, Huquier, Demarteau, Bonnet, 6 pièces.

BREBIETTE et J. CALLOT

39 — Brebiette, Caprices de différentes figures. — Callot, Les Balli,
25 pièces, en *un vol. rel. veau.*

BREUGEL (d'après P.)

40 — Le Christ et la femme adultère, par Perret, *belle épreuve.*

BUSINCK (L.)

41 — Jésus-Christ et les apôtres, d'après Lalleman, 13 pièces en
camaieu, *superbes épreuves.*

42 — Enée sauvant son père. — Mendiant, 2 pièces, d'après
Lalleman et A. Durer, *belles épreuves.*

CALLOT (J.)

43 — Les Martyrs du Japon, *très-belle épreuve du* 1er *état avant
l'adresse de Silvestre.*

44 — Siège de Breda, grande pièce en six feuilles.

5 — Entrée de Monsieur de Macey. — Entrée des sieurs de Vron-
court. Titre (M. 492) 1er état, 3 pièces, *très-belles épreuves.*

46 — L'éventail. — Parterre ou jardin de Nancy. — Le brelan, et
une copie du brelan, 4 pièces.

47 — Le jeu de boules ou la foire de Gondreville. — Saint Nicolas
prêchant. — La petite passion. — La grande chasse. —
Vues du Louvre et du Pont-Neuf, etc., 26 pièces.

48 — Les fantaisies, 12 pièces.

49 — De Lorme, médecin, *très-belle épreuve.*

49 *bis*. — Les Misères et les Malheurs de la guerre, 18 pièces, *en 1 vol. br.*

49 *ter*. — La Passion de N.-S. Jésus-Christ, en douze tableaux, 13 pièces, *en 1 vol. br.*

49 *quater*. — Balli di Sfessania, 24 pièces, *en 1 vol. br.*

CARMONTELLE (L.-C.)

50 — J.-J. Dortous de Mairan, *belle épreuve.*

CARPEAUX (d'après)

51 — Reddition d'Abd-el-Kader. — L'amour vainqueur, 2 photographies.

CARRACHE (d'après A.)

52 — Le grand crucifiement, d'après le Tintoret, grande pièce en trois morceaux, *belle épreuve.*

53 — Les cris des métiers de Bologne, par Simon Guillain, 81 pièces, 1 *vol. veau.*

54 — Les cris des métiers de Bologne, par Simon Guillain, 40 pièces.

CATHELIN (L.-J.)

55 — Grétry, d'après Vigée Lebrun, *belle épreuve.*

CARDON et SCHULTZE

56 — Joseph II, en pied. — Le même personnage en buste, 2 pièces, *très-belles épreuves.*

COCHIN (C.-N.)

57 — Vignettes pour l'histoire du Languedoc, 53 pièces, en 1 vol.

COCK (H.)

58 — Bain d'hommes et de femmes, *belle épreuve*.

COLLIN (R.)

— Marie de Monte, carmélite. — Sainte-Claire, 2 pièces, *belles épreuves*.

COUSIN (d'après J.)

60 — Le jugement dernier, par Pierre de Jode.

CUNEGO

61 — Sujets religieux et profanes, d'après Guido Reni, Lanfranc, Dominiquin Zampieri, etc., 1 *vol. in-fol.*

CRANACH (L.)

62 — Repos en Egypte. — Saint Antoine transporté par les démons. (B. 4, 56), 2 pièces, *gravures sur bois*.

63 — La passion de Jésus-Christ, 5 pièces, *gravures sur bois*.

DEBIE

64 — Prince de Croy. — Princesse de Croy, 2 portraits en pied, *très-belles épreuves*.

DELF (W.)

65 — Félix à Sambix. — Corneille Liens. — H. A. Vanderlinden. — Y. Trigland, d'après Mierevelt, Enchus, etc., 4 portraits, *belles épreuves*.

66 — A. Vander Meer. — G. Barlaeus. — J. Oldenbarneveltt. — J. Ducherus. — L.-J.-N. Camrerarius, d'après Mierevelt, 5 portraits, *très-belles épreuves*.

DENON (V. de)

67 — Son portrait. — Le taureau. — Lions et lionne, d'après lui et
Paul Potter, 3 pièces, *belles épreuves.*

DESROCHERS (E.)

68 — Portraits de divers personnages, 30 pièces.

DIETTERLEIN (W.)

69 — Frédérik, duc de Wurtemberg. — Sigismond Feierabendt.
2 pièces, *belles épreuves.*

DIETRICY (C. G. E.)

70 — Le charlatan. — Le marchand ambulant, 2 pièces, *très-belles
épreuves.*

DUFLOS (C.)

71 — Jean Bérain, d'après Vivien, *belle épreuve.*

DUPLESSI-BERTAUX

71 *bis*. — Recueil de cent sujets de divers genres, dessinés et gravés
à l'eau-forte, représentant toutes sortes d'Ouvriers occupés
de leurs travaux, Scènes de Comédies, Scènes populaires,
Mendians, Militaires, Cavaliers, Chevaux à l'abreuvoir.
Foires, Danses de village, etc., etc., 1 vol. obl. d.-rel.,

DUPLESSIS (A.)

72 — La Révolution Française ; dédié aux amis de la liberté et de
l'égalité, *belle épreuve.*

DUPONT (H.)

73 — Olivier Cromwell, d'après Paul Delaroche.

DURER (par et d'après Albert)

74 — La dame à cheval (B. 82). — La justice (B. 79). — Le joueur de cornemuse (B. 91), etc., 5 pièces.

75 — Les fiançailles de la Vierge et de Saint-Joseph. — La circoncision (B. 82, 86) 2 pièces. *belles épreuves*, avec texte latin au verso, *grav. sur bois*.

76 — Sainte famille. -- Samson tuant le lion. - - Le bain, etc., 7 pièces, *grav. sur bois*.

77 — La mélancolie. — Le chevalier de la mort. — La vierge au singe. — Enlèvement d'Amymone, etc., 10 pièces.

78 — Cavalier armé de toutes pièces, *(manière de dessin)*.

DYCK (A. VAN)

79 — Lucas Vorsterman. — Jean de Wael. — Philippe, baron Le Roy, 3 pièces, *eaux-fortes du maître*.

DYCK (d'après A. VAN)

80 — Le sauveur du monde. — Jésus-Christ sur les genoux de la Vierge.— Portement de la croix, etc., par De Jode, Vorsterman, etc., 5 pièces.

ECOLE FRANÇAISE

81 — Sainte Vierge avec l'enfant Jésus. — Jésus-Christ à la colonne et autres sujets religieux, d'après P. de Champagne, Poussin, Loir, etc., par Rousselet, Lenfant, Pitau, 8 pièces.

82 — Jésus-Christ en croix. — Assomption de la Vierge. — Enée sauvant son père. — Chasse à l'ours. — Chasse au tigre, d'après Lebrun, Van Loo, etc., 17 pièces.

83 — Vie de Jésus-Christ et autres sujets religieux, d'après Poussin, Sébastien Bourdon, par Stella, etc., 21 pièces.

84 — Sujets religieux et mythologiques, d'après Mellan, Sébastien
Bourdon, Bouchardon, 15 pièces.

85 — Sujets religieux et historiques, d'après Lebrun, Poussin,
Valentin, Lesueur, etc., par Drevet, Pesne, Audran, etc.,
14 pièces.

86 — Persée délivre Andromède. — Jésus-Christ tombe sous sa
croix. — Jésus-Christ à table avec ses apôtres. — Jésus-Christ
et la femme adultère et autres sujets, d'après Coypel,
Poussin, Lebrun, Corneille, etc., 16 pièces.

87 — L'enfant au carlin. — Nymphes. — L'enfance. — Le jeu de
cache-cache, etc., d'après Greuze, Huet, Lancret, Coypel.
etc., 21 pièces.

ECOLE FLAMANDE ET HOLLANDAISE

88 — Les évangélistes. — La folie. — Vue de Scheveningue. — Le
mydi. — L'après-dinée, etc., d'après Sallaert, Visscher,
Vandevelde, Ruysdael, Berghem, 14 pièces.

89 — Sujets bibliques, têtes d'hommes, sujets d'animaux, etc.
d'après de Passe, Bloemaert, P. Potter, etc., lot
important.

90 — Différents sujets, d'après C. de Vos, Bloemaert, Van Ostade,
Berghem. 12 pièces.

ECOLE ITALIENNE

91 — Sujets religieux et profanes, d'après Raphaël, Daniel de
Volterre, Maratti, etc., par Dorigny, Grignon, Cantrel, etc.
17 pièces.

92 — Sujets religieux et mythologiques, d'après Véronèse. Le
Barroche, Raphaël, etc.. 36 pièces.

93 — Sainte famille. — Le crucifiement. — Saint Sébastien et autres
sujets, d'après Raphaël, Tintoret, etc., 30 pièces.

94 — Sujets religieux, d'après le Titien, Guido-Reni, Dominiquin,
etc., par Rota, Audran, etc., 20 pièces.

EDELINCK (G.)

95 — Jésus-Christ en croix, d'après Lesueur, grande pièce en
trois morceaux, *tirage moderne.*

96 — Le combat des quatre cavaliers, d'après Léonard de Vinci,
belle épreuve.

97 — G. de Lamoignon. — P. Surirey. — Furetière. — Poisson et
autres personnages, d'après Nanteuil, Rigaud, P. de Champagne, Netscher, etc., 10 pièces.

98 — Remig de Laury, seigneur de Waufercée. — Jean de la
Fontaine, 2 pièces, *belles épreuves.*

EYCK (d'après J. VAN)

99 — Sainte Barbe, par C. Van Noorde, *belle épreuve.*

FALCK (J.)

100 — Compagnie joyeuse, d'après Palamédes.

FIESENGER et autres

101 — Portraits des députés à l'Assemblée nationale, 17 pièces.

GALLE (P.)

102 — Études de squelettes, d'écorchés, académies d'hommes et
de femmes, 12 pièces, *très-belles épreuves.*

GALLE (P. et J.)

103 — Sainte Agathe. — Ecce-Homo et autres sujets religieux,
d'après Stradanus , Martin de Vos, etc., 13 pièces.

GAULTIER (L.)

104 — Louise de Lorraine, *très-belle épreuve*.

GHEYN (J. de)

105 — L'enfant prodigue, d'après K. Van Mander, grande p. en
deux morceaux, *superbe épreuve*.

106 — Ecce-Homo. — Saint-Pierre. — Saint-Martin. — Le festin
des Dieux. — Triton, etc., d'après Spranger, Vanden
Broeck, etc. 13 pièces.

GHISI (G) et autres Maîtres Italiens

107 — Le chasseur Orion portant Diane sur ses épaules. — Le
cimetière. — Les trois Grâces, et autres sujets, d'après
Jules Romain, Raphaël, etc., 15 pièces.

GIFFART (P)

108 — Maintenon (Marquise de), *très-belle épreuve*.

GOLTZIUS (H.)

109 — Junon.— Pygmalion.— Amphitrite.— Bacchus. — Suzanne
et les vieillards — Saint Gérôme, 8 pièces, *belles épreuves*.

GOYA (F.)

110 — Les Caprices. Suite complète de 80 planches en 1 *vol. in-4,*
d. et c. mar. n. (rare).

GUTTENBERG (C.)

111 — John Paul Jones, d'après Notté, *belle épreuve*.

HAELWEGH (A.)

112 — Chrétien IV, roi de Danemark. — Magdelena Sybilla, princesse de Danemarck, d'après K. Van Mander, 2 beaux portraits, *belles épreuves*.

HELMAN

113 — Tableaux historiques de la Révolution française, d'après Monnet, 12 pièces.

HOGENBERG

114 — Pièce satirique contre Marguerite de Parme, le Pape Pie V, le Cardinal de Granvelle et le Duc d'Albe.
    « Le Pape a donné glayve au duck cruelle, etc. », *pièce rare*.

HOLLAR (W)

115 — Jeux d'enfants, d'après Van Avont, 27 pièces, *très-belles épreuves*.

116 — Portraits de P. l'Arétin, Raphaël et autres personnages, 10 pièces.

HOLLAR (W.) et autres Maîtres

117 — Cerf, têtes d'hommes, paysages, etc., d'après Durer. Netscher, Watteau, etc., 13 pièces.

HONDIUS (H.)

118 — Intérieur flamand, *belle épreuve, rare*.

HONERWAGT

119 — Les douze Sybilles, *un vol.*

HOOGHE (R. de)

120 — Guerres de Flandres, 40 pièces, *très-belles épreuves*, (quelques
unes sont en double).

121 — Sujets de l'ancien testament, 1 vol. in-fol.

HOPFER (D)

122 — Jésus-Christ paraissant dans sa gloire pour juger les vivants
et les morts, *belle épreuve*.

HOUBRAKEN (J.)

123 — Les Bourgmestres d'Amsterdam, 43 pièces.

HOUBRAKEN ET TANJÉ

124 — Georges 1er. — Newton. — Guillaume II et autres personnages, 24 pièces.

HUBERT (F.)

125 — De Malesherbes, *très belle épreuve, avant toutes lettres*.

HUNIN

126 — Assignats et papiers de la Révolution française, 2 pièces
coloriées, (*Trompe-l'œil*).

JACKSON (J.-B.)

127 — La sainte Vierge présentée au temple. — Jésus-Christ mis au
tombeau, et autres sujets religieux, d'après le Titien,
Bassano, etc., 10 pièces en clair-obscur, *belles épreuves*.

JAZET

128 — Le mauvais sujet et sa famille, d'après Grenier.

129 — Louis David, peintre, d'après Odevaere.

JEAURAT (E.)

130 — Cérémonie du mariage de Louis XIV avec l'infante Marie-
Thérèse d'Autriche, fille de Philippe IV, d'après Le Brun,
très-belle épreuve.

JEAURAT (d'après)

131 - Le carnaval des rues de Paris. — Le transport des filles de
joie à l'hôpital, par Levasseur, *belles épreuves*.

JODE (DE)

132 — Modes de différents peuples de l'Europe, d'après Sébastien
Vrancx, 6 pièces, *belles épreuves*.

JORDAENS et autres Maîtres Flamands (d'après)

133 — Le satyre chez les paysans. — L'ivresse de Bacchus, etc.,
par Neefs, Vorsterman, etc., 9 pièces.

KAROLUS

134 — Jésus-Christ prêchant, d'après Lambert Lombart, *belle épr.*

KOHL (Cl.)

135 — Sacco (Jeanne), comédienne, d'après Fusch, *très-belle épr.*

LANDON

136 — Portraits d'hommes et de femmes illustres (une grande partie).

LANGII (G.-J.)

137 - Illustrations pour les œuvres de Virgile, 50 pièces.

LASNE (M.)

138 — Jacques de Charron. — De Lomenie, et autres personnages,
6 pièces, *belles épreuves*.

LASNE ET BRIOT

139 — Henri de Bourbon, Prince de Condé, *superbe épreuve.*

LEBEAU (P. A.)

140 — Louis seize. — Marie-Antoinette, d'après Nicollet. 2 pièces,
     belles épreuves.

141 — Elisabeth de France. — Julie de Villeneuve, deux charmants
     portraits, *belles épreuves.*

LEBRUN

142 — Recueil de divers desseins de fontaines et frises maritimes,
     1 volume in-folio.

LEMIRE (N.)

143 — Washington, d'après le Paon, *belle épreuve.*

LEPRINCE (J.-B.)

144 — Habillements des peuples du Nord. — Divers habillements
     des femmes de Moscovie et autres costumes Russes.
     56 pièces.

145 — Ajustements et usages de Russie. — Scènes de mœurs
     Russes. 50 pièces.

146 — La jardinière. — La maîtresse d'école. — La nourrice. —
     Têtes d'hommes et de femmes, etc., 32 pièces à *la manière
     de dessin.*

LEU (Th. de)

147 — Gabrielle d'Estrée, deux différents portraits. — Le duc de
     Joyeuse, 3 pièces.

148 — Louis Servin, *superbe épreuve,* avant l'adresse de Mariette.

149 — Charles de Gontaut de Biron. — Jean Comte d'Anghyen,
     2 pièces.

LEYDE (Lucas de)

150 — Le baptême de Jésus-Christ. (B. 40).

MALLERY (C.)

151 — Les derniers moments de la vie, d'après Stradanus, 4 pièces, *très-belles épreuves.*

MASSON (A.)

152 — Marie de Lorraine, duchesse de Guise. — Louis Vergus, 2 pièces, *belles épreuves.*

MATHAM (J.)

153 — Enfant jouant du tambour de basque. — Vénus. — Marie-Madeleine. — Sainte famille, etc., d'après le Titien, Goltzius, 6 pièces, *belles épreuves.*

154 — Portrait d'homme en buste tenant un verre en main, d'après C. Ketel, *superbe épreuve.*

MELLAN (C.)

155 — C. de Créquy. — De Montmorency. — Henriette de Bretagne. — Habert, 4 portraits, *belles épreuves.*

MELINI (C.-D.)

156 — Ch. de Pollincbove, garde des sceaux, d'après Aved, *belle épreuve avant toutes lettres.*

MONTCORNET et AUBRY

157 — Portraits divers, 59 pièces.

MORIN (J).

158 — Adoration des bergers. — Vanitas, d'après P. de Champagne, *très-belles épreuves.*

159 — Charles de Valois, duc d'Angoulesme, d'après P. de Champagne, *belle épreuve.*

MULLER (J.)

160 — Christian IV, roi de Danemarck et de Norwège, 2 épreuves, l'une en noir, l'autre en rouge.

MULLER (J. et H.)

161 — Repos de la Vierge. — Résurrection de Lazare. — Loth et ses filles. — Les Parques filant la vie. — Bellone accompagnant l'armée, etc., d'après Ch. de Harlem, Bloemaert, Spranger, etc, 14 pièces.

MULLER et VORSTERMAN

162 — Le festin de Balthasar. — Loth et ses filles, 2 pièces.

MULLER (J.-G.)

163 — Alexandre vainqueur de soi-même, d'après G. Flinck, *très-belle épreuve avant toutes lettres.*

NANTEUIL (R.)

164 — De Marolles. — Le Coigneux. — Pompone de Bellièvre. — Seguier — Chapelain, 5 pièces, *belles épreuves.*

NEGGES

165 — Martin Luther. — Jean Calvin. — Jean Huss, et autres réformateurs, 6 pièces à la manière-noire, *belles épreuves.*

NON (V. de)

166 — Feuille contenant trente portraits de M. de Voltaire, d'après les tableaux de Hubert.

OSTADE (A. VAN)

167 — Son œuvre, (B. 1 à 53), il manque le n° 35.

OUDRY (d'après J.-B.)

168 — Le cygne effrayé. — Abois du cerf, par Lebas, 2 pièces, *belles épreuves*.

PALMERIUS

169 — Scènes rustiques, 2 pièces *imprimées en clair obscur*.

PASSE (S. de)

170 — Vanitas, d'après C. de Passe, *belle épreuve*.

171 — Buste d'homme à mi-corps devant une table sur laquelle se trouve un livre, dans l'ovale la devise :
Le principal cas qui rend l'hôme..., etc., *belle épreuve*.

PETIT (G.-E.)

172 — Marie-Gabriel de la Boissière, d'après de la Tour, *belle épr.*

PHOTOGRAPHIES

173 — Tête de Sainte Madeleine. — Têtes de femmes. — Chasse au lion, etc., 8 pièces.

PIGAL et PHILIPPON

174 — Mœurs parisiennes, 17 pièces, caricatures coloriées.

PIRANESI

175 — Vues de palais. — Intérieurs de prisons, 7 pièces.

PONTIUS (P.)

176 — Adoration des Rois Mages, d'après Gérard Seghers, *superbe épreuve*.

177 — Daniel Segers, d'après Jean Lievens, *très belle épreuve à l'adresse de Van den Enden*.

178 — Baron de Beck. — Vorstius. — Boonen, et autres personnages, 5 pièces *en très-belles épreuves*.

PORPORATI

179 — Susanne au bain, d'après Santerre, *belle épreuve.*

PORTRAITS FRANÇAIS

180 — Turenne. — Louis XIV. — Desgouges. — Jean Bart. — Napoléon 1er. — de Noailles. — Louis XV, etc. par Nanteuil, Van Schuppen, du Vivier, Jéhotte, Desrochers, etc , 11 pièces.

181 — Bayle. — Armand de Bourbon. — Phelypeaux. — Prince Turenne. — Colardeau, etc, par Savart, Chevillet, Cochin, Saint-Aubin, etc., 20 pièces.

182 — Flipart. — Falconet. — Mansart. — Mairon. — Mesnager. — Charles de Valois. — Colbert, etc., par Flipart, Ingouf, Simoneau, Morin, etc., 25 pièces.

183 — Bouvart. — Choiseul. — Cossé. — Cassini. — Louis seize. — Louis quatorze. — D'Aligre. — Rameau. — Du Paty. — De Maurepas.— De Beringhem.— La Bruyère.— De Luynes etc., par Lebeau, Hubert, Chereau, Audran, Cathelin, etc , 31 pièces (quelques lithographies).

184 — Charles de Borromé. — Mazarin. — Richelieu.— De Rohan, etc., par Morin, Lubin, Drevet, etc., 28 pièces.

185 — Voiture. — La Harpe. — Seguier. — Soufflot. — Philippe d'Orléans, etc. par Lubin, Huot, Choffard, Chereau, etc., 50 pièces.

186 — Girardon. — De Pardaillan. — De Gondrin. — Charles-Alexandre de Lorraine et autres personnages, par Duchange Chereau, etc., 9 pièces.

PORTRAITS FRANÇAIS ET ANGLAIS

187 — Chevalier d'Assas. — Stewart. — Walter Scott. — Fontenelle.— Wellington. — Guizot.— Crébillon, etc,, 70 pièces.

PORTRAITS ALLEMANDS

188 — Fréderik Guillaume, Roy de Prusse. — Louise Augusta princesse de Prusse. — Charles VI. — Aldegrever, etc., par Smidt, Nilson, Kilian, etc., 70 pièces.

PORTRAITS ALLEMANDS, HOLLANDAIS, FLAMANDS

180 — Personnages divers, plus de 250 pièces.

PORTRAITS HOLLANDAIS ET FLAMANDS

190 — Frankenberg. — Gaspard Netscher et son épouse. — J. D. de Zuniga. — Louis de Dieu. — Roose, par Hunin, Hemery, Huberti, Suyderhoef, Léonard, 13 pièces.

191 — Jean Bol. — Quellin. — Vondel. — Juste Lipse. — Corneille de Witt. — Laurent Coster, etc., par Goltzius, R. Collin, C. Galle, J. Visscher, etc., 60 pièces.

PORTRAITS ITALIENS

192 — Michel Ange. — Pie VII. — Pisani. — Augustio Amélie, princesse d'Italie, etc., par Ghisi, Cunego, Bartolozzi, etc., 8 pièces.

PORTRAITS DIVERS

193 — Portraits des conspirateurs chargés par le Gouvernement Britannique d'attenter aux jours du Ier Consul. 3 pièces coloriées.

194 — Portraits de littérateurs, acteurs, artistes peintres, etc., 435 pièces.

195 — Portraits divers, 375 pièces.

196 — Portraits divers, 240 pièces.

197 — Portraits divers, 180 pièces.

198 — Portraits divers, 120 pièces.

QUAST, C. DUSART, VAN VLIET

199 — Scènes de paysans, 9 pièces.

RAPHAEL (d'après)

200 — Les loges du Vatican, par N. Chapron, 51 planches, 1 *vol.
oblong*.

RAPHAEL, CARRACHE, et autres Maîtres Italiens

201 — Les planètes. — Sujets religieux et mythologiques par
Dorigny, Aquila, etc., 33 pièces.

REGNESSON (N.)

202 — Jacques de Goussault, *belle épreuve*.

REMBRANDT (P. VAN RYN)

203 — Jésus-Christ chassant les vendeurs du Temple. (B. 69.)

REMBRANDT (par et d'après)

204 — Annonciation aux bergers. — Présentation au Temple. —
Abraham France. — Mendiants à la porte d'une maison.
Têtes d'hommes, etc., 82 pièces.

205 — Tête de jeune homme avec chapeau à plumes. — Tête de
jeune femme, etc., par Smidt, Frey, etc., 8 pièces.

REYNOLDS (J. W.)

206 — La réconciliation, d'après Stephanoff.

RIBERA (J.)

207 — Saint Jérôme. — Le même saint, (B. 4, 5) plus une copie du
n° 3 de Bartsch.

RUBENS (d'après P. P.)

208 — Portement de Croix. — Sainte Famille. — Jugement de
Pâris, etc., par Pontius, Wildoeck, Lommelin, 11 pièces.

209 — Les Apôtres, par Ryckemans, 14 pièces, *belles épreuves.*

210 — Combat des Amazones. — Loth et ses filles. — Jardin
d'Amour. — Portrait de Rubens, etc,, par Duchange,
Vorsterman, Clouet, etc., 14 pièces.

211 — Le Comte d'Olivarez, duc de S. Lucar, par P. Pontius, *belle
épreuve.*

212 — La même, *très-belle épreuve.*

ROBETTA

213 — L'homme attaché à un arbre par l'amour (B. 25.), *belle
épreuve.*

ROSA (S.)

214 — Régulus enfermé dans un tonneau. — Chute des Géants, etc.,
3 grandes pièces.

ROSA (d'après S.)

215 — Scènes de soldats, 60 pièces, à Paris, chez Chereau, 1 vol.
in-4, br.

216 — Scènes de soldats, 16 pièces.

ROTH (C. M.)

217 — Catherine II, Impératrice de Russie, d'après Eriksen, *belle
épreuve.*

SADELER (J.)

218 — La mort de la Vierge. — Couronnement d'épines. — Annonciation aux bergers. — Repos de la Vierge, etc., 26 pièces,
belles épreuves.

219 — Recueil in-folio contenant des sujets religieux. — Les
anachorètes, etc

SADELER (d'après)

220 — Les anachorètes, 1 vol. in-fol

SAENREDAM (J.)

221 — Les bergers arrivant dans l'étable de Bethléem, grande pièce
de trois morceaux collés ensemble, *très-belle épreuve.*

222 — Adam et Eve. — Bacchanale. — Sibylle, etc., d'après
Bloemaert, 7 pièces, *belles épreuves.*

SCHELLBARTS

223 — Jeune dame, chromolithographie.

SCHOENGAUER (d'après M.)

224 — La nativité. — Saint Antoine, copies par un anonyme et par
Wierix.

SCORODOOMOFF

225 — Diane et Actéon, d'après C. Maratti, *belle épreuve.*

SICHEM (C. VAN)

226 — Portrait d'un homme, vu de trois quarts et dirigé vers la
droite, d'après H. Goltzius, *très-belle épreuve.*

227 — Jeune homme à mi-corps accompagnant du tympanon le
chant de quatre femmes, d'après Goltzius, *très-belle épreuve.*

STRANGE (R.)

228 — La mort de Didon, d'après le Guercino, *belle épreuve.*

SAUVIUS (L.)

229 — Saint Pierre et Saint Paul à la porte du temple, guérissant un malade, *très-belle épreuve.*

SUYDERHOEF (J.)

230 — Charles Ier Roi d'Angleterre, d'après A. Van Dyck, *très-belle épreuve avant le numéro.*

231 — Philippe II, Roi d'Espagne, d'après A. Moro, *très-belle épreuve avant le numéro.*

232 — René de Chalons. — Prince d'Orange, P. Soutman inv. *très-belle épreuve.*

TEMPESTA (d'après)

233 — Sujets historiques, par J. de Gheyn, C. Boel, 8 pièces, *belles épreuves.*

TENIERS (d'après D.)

234 — Les œuvres de miséricorde. — Départ pour le Sabat. — Arrivée au Sabat. — Le tric-trac, etc., par Lebas, Aliamet, etc., 20 pièces.

TITIEN (d'après le)

235 — Samson trahi par Dalila. — Adoration des Bergers. — Mariage mystique de Sainte-Catherine, 3 gravures sur bois, *très-belles épreuves.*

TROUVAIN (A.)

236 — Réné-Ant. Houasse, d'après Tortebat, *belle épreuve du 1er état avec la tablette blanche.*

VAILLANT (W.)

237 — Pierre Vander Gage, ecclésiastique à Amsterdam, manière noire, *très-belle épreuve, avant la lettre.*

238 — Corneille Sladus, manière noire, *belle épreuve.*

VANDEVELDE (J.)

239 — Les quatre parties du jour, suite de 4 estampes, *très-belles épreuves.*

VAN GUNST

240 — Métamorphoses d'Ovide. 130 pièces. 1 volume.

VARIA

241 — Sujets religieux et profanes, paysages, animaux, par et d'après Bloemaert, C. de Passe, G. de Lairesse, Ostade, P. Potter, Berghem, R. de Hooghe, 150 pièces.

242 — Simon Leboucq. — Louis Belmas. — Abbé Gaultier, etc., plus 4 chromolithographies.

VISSCHER (C. J.)

243 — Histoire de l'enfant prodigue, d'après Vinkenboons, 4 pièces *belles épreuves.*

VISSCHER (C.)

244 — Musiciens ambulants. — Intérieur de cabaret, d'après Ostade, deux pièces.

245 — La Fricasseuse, *belle épreuve.*

246 — Les Comtes de Hollande, 32 portraits. — Les Saints de Flandres, 17 pièces. 1 vol. in-fol.

VISSCHER (L.)

247 — Jean de Witt, Pensionnaire de la Hollande, *belle épreuve, avec l'introduction du portrait de C. de Witt, par R. de Hooghe.*

VORSTERMAN (L.)

248 — La Vierge au pélerin, d'après Michel-Ange de Carravage. Le portrait de Juste Lipse et un autre portrait, 3 pièces *en superbes épreuves.*

VOS (ANTH. DE)

249 — Thod. Kolvius, Pasteur réformé à Dordrecht, d'après Vander Hulst.

WATTEAU (d'après A.)

250 — Le bain rustique. — L'abreuvoir, par Cardon, Jacob. 2 pièces, *belles épreuves.*

251 — La sculpture. — Tête de jeune homme. — Tête de jeune femme, par Desplaces, Fillœul, 3 pièces, *belles épreuves.*

252 — Pillement d'un village par l'ennemy. — La revanche des paysans, par B. Baron, 2 pièces, *belles épreuves.*

253 — Scènes de singes, par un anonyme, *curieuse estampe avant toutes lettres.*

WEIROTTER (F. E.)

254 — OEuvre de F. E. Weirotter, peintre allemand, contenant près de deux cents paysages et ruines, à Paris, chez Basan, un vol. in-fol.

WEISS

255 — Son œuvre, 1 vol. in-fol.

WIERIX (J.)

256 — La miséricorde de Jésus-Christ, *très-belle épreuve*.

WIERIX (H.)

257 — Philibert-Emmanuel de Lorraine, duc de Mercœur, *très-belle épreuve*.

WILHELMUS CLEVENSIS (1586)

258 — La Vierge, (B. 1), *belle épreuve*.

WILLE (J. G.)

259 — Agar présentée à Abraham, d'après Dietricy, *belle épreuve*.

260 — La mort de Marc-Antoine, d'après Battoni, *belle épreuve*.

261 — Le maréchal-des-logis, d'après Wille fils, *très-belle épreuve avant la dédicace*.

262 — Lowendal, maréchal de France. — De Singlin, supérieur du Port-Royal, 2 pièces, *belles épreuves*.

DESSINS

ALDEGREVER (H.)

263 — Hommes et femmes jouant de divers instruments de musique, *dessin à la sépia*.

ANONYME FRANÇAIS DU XVIme

264 — Armide et le dragon, *très-curieux dessin à la plume et encre de Chine*.

ANONYME ALLEMAND DU XVIme

265 — Descente de croix, *beau dessin à la plume et encre de Chine*.

266 — Feuille d'études pour un vitrail, *dessin à la plume et encre de Chine*.

ANONYME FLAMAND DU XVIIme

267 — Les signes du Zodiaque, 12 *dessins à la plume et encre de Chine*

ANONYME FRANÇAIS DU XVIIIme

268 — Vieillard enseignant l'écriture à deux enfants, *dessin au crayon noir et blanc*.

269 — Scène pastorale, *dessin à la plume, crayon rouge et encre de Chine*.

270 — Paysage, *dessin à l'encre de Chine*.

BERTACHERO (1661)

271 — Un philosophe appuyé contre un rocher, environné de bêtes féroces près d'une mer orageuse remplie de monstres et d'écueils, il parle à une Reine armée d'un dard, *très-curieux dessin à la plume.*

BERTAUX (D.)

272 — Homme que l'on conduit au supplice, *beau dessin à la sanguine.*

BOUCHARDON

273 — Tête d'homme à grande barbe, *dessin au crayon noir.*

274 — Tête d'homme, *dessin à la sanguine.*

275 — Chien debout, *dessin à la sanguine.*

BOUCHARDON, SCHUT et autres Maîtres

276 — Anges jouant de la musique, enfant, etc.. 6 dessins à la plume, *encre de Chine. sépia, etc.*

BOUCHER (F.)

277 — Diane, *beau dessin au crayon noir et rouge.*

278 — Vénus et l'Amour, *dessin au crayon noir.*

279 — Enlèvement d'Europe, *beau dessin à la sanguine.*

280 — Enfants tenant des grappes de raisin, *beau dessin à plusieurs crayons.*

281 — Jeune femme nue couchée, *beau dessin à plusieurs crayons.*

282 — Vénus et l'amour, *beau dessin au crayon noir.*

283 — Vénus couchée et les amours, *beau dessin au crayon noir.*

284 — Tête de jeune femme, *dessin à plusieurs crayons.*

BRAUWER (A.)

285 — Têtes de paysans, *4 dessins au crayon noir*.

BREBIETTE

286 — Hercule aux pieds d'Omphale, *dessin à la plume et encre de Chine*.

287 — Centaures enlevant des nymphes, *dessin à la plume et encre de Chine*.

CHARLET (attribué à)

288 — Scène militaire, *beau dessin au crayon noir et blanc*.

CHINOIS (dessins)

289 — Album relié en velours rouge, contenant 48 *beaux dessins à la gouache*, sur papier de riz.

CLOUET

290 — Portrait d'homme, *dessin au crayon noir*.

COURTOIS dit le Bourguignon

291 — Scènes et costumes militaires, 6 *dessins à la plume et sépia*.

DELAULNE (S.)

292 — Histoire de Jason et de Médée, 3 *dessins à la plume et sépia*.

DEMARNE, SCHOUMAN, ETC.

293 — Plantes. — Marines, etc., 4 *dessins au crayon noir et blanc, sépia, etc*.

DESPLACES

294 — Vénus et Vulcain, *dessin à la sanguine*.

DESRAIS

295 — Colombine, Arlequin et Pierrot, *dessin au crayon noir*.

DOMINIQUIN

296 — Saint dans le désert, *dessin à la sanguine*.

DUQUESNOY

297 — L'hiver, représenté par des enfants, *dessin au crayon noir et blanc*.

DURER (A.)

298 — Ecce Homo, *superbe dessin à la plume rehaussé de blanc sur fond de couleur*.

DURER, OSTADE et autres Maîtres

299 — Différents sujets, 9 *dessins à la plume, encre de Chine, sépia, etc.*

ECOLE FRANÇAISE

300 — Choc de cavalerie. — Tête de femme. — Sujets religieux e historiques. — Paysage, etc., par Larue, Boucher, Loutherbourg, Vander Meulen, etc., 21 *dessins à la sanguine, plume, sépia, etc.*

301 — Jésus-Christ et la Samaritaine. — Mariage de la Vierge. — Soldat romain. — Tête de femme, etc., par Bouchardon, Leprince, Huet, Dugoure, etc., 34 *dessins à la sanguine, plume et encre de Chine*.

302 — Le Colin-maillard. — Le Charlatan français et autres sujets par Fragonard, Bertaux, etc., 7 *dessins à la sanguine, mine de plomb, etc.*

303 — Portraits de Voltaire et Diderot, *deux grisailles*.

ECOLE ITALIENNE

304 — Descente de croix. — Jésus et la Samaritaine et autres sujets religieux et profanes, par Carrache, Barroche, Mola, Maratti, etc., 16 *dessins à la plume, sépia, sanguine, etc.*

305 — La mort de la Vierge, *dessin à la plume et sépia.*

ECOLE FLAMANDE ET HOLLANDAISE

306 — Sujets religieux et profanes. — Marines. — Paysages, etc., par G. de Lairesse, Seghers, Berghem, Van de Velde, etc., 40 *dessins à la sanguine, crayon noir, sépia, etc.*

FORTUYN (W.)

307 — Jésus-Christ parmi les docteurs de la loi, d'après L. Van Noort, *dessin à l'encre de Chine pour un vitrail.*

GOLTZIUS (H.)

308 — Adoration des bergers, *dessin à la plume et encre de Chine.*

309 — Tête d'homme coiffé d'un grand chapeau, *dessin à la plume.*

GREUZE (d'après J.-B.)

310 — Tête de jeune fille, *dessin à la sanguine.*

HEYLBROUCK

311 — Adoration à la Vierge, *dessin à la sanguine.*

HOBBEMA (d'après M.)

312 — Paysage, *dessin au crayon et encre de Chine.*

JANSSENS

313 — Intérieurs d'églises, 2 *dessins à la plume et encre de Chine.*

JOUVENET

314 — Moïse tenant les tables de la loi, *dessin à la plume, sépia et encre de Chine.*

LAGRENÉE

315 — Tête de jeune fille, *beau dessin à plusieurs crayons.*

LANCRET (N.)

316 — Jeune femme, *dessin au crayon noir et blanc.*

317 — Dame assise, *dessin à la sanguine.*

318 — Jeune fille tenant un manchon, *dessin au crayon noir et blanc.*

LANFRANC (J.)

319 — Scène villageoise, *beau dessin à la plume et sépia.*

LEGILLON

320 — Pastorale. — Scène militaire, *deux dessins à la gouache.*

321 — Paysage avec personnages, *dessin à l'aquarelle.*

MARATTI (C.)

322 — Adoration des bergers, *dessin à la sanguine.*

MINIATURES DU XVIme

323 — David en prières. — La résurrection de Lazare, *2 miniatures sur vélin.*

MOMAL

324 — Satyre et bacchante, *grisaille.*

NALDINI (B.)

325 — Présentation au temple, *dessin au crayon noir.*

NETSCHER (G.)

326 — Portraits de dames et d'un jeune homme, 7 *dessins au crayon noir et blanc.*

OVERLAET

327 — Tête d'homme, *dessin à la plume.*

PARROCEL

328 — Têtes de militaire et de guerrier, *deux dessins à la sanguine.*

RAPHAEL (d'après)

329 — Le triomphe de Galathée, *dessin au crayon rouge et bleu.*

RIBERA

330 — Etude de vieillard, *beau dessin à la sanguine.*

ROMBOUTS, LUYKEN et autres Maîtres

331 — Adoration des rois mages. — Saint prêchant, etc., 4 *dessins à la plume, sépia, etc.*

RUBENS. VAN DYCK (d'après)

332 — Jésus-Christ en croix. — Saint Sébastien. — Tritons et autres sujets, 9 *dessins, crayon noir et blanc, sépia, plume, etc.*

RUYSDAEL (d'après J.)

333 — Paysage, *dessin au crayon noir et blanc.*

SALLAERT

334 — Les quatre évangélistes, 4 *dessins à la plume et sépia.*

SCHOENGAUER (M.)

335 — La Vierge debout sur un croissant, ayant sur ses bras l'enfant Jésus, au bas se trouvent Sainte Agnès et Sainte Apolline, *beau dessin à la plume.*

SPRANGER

336 — Jésus-Christ mis au tombeau, *dessin à la plume et sépia.*

STELLA (J.)

337 — Adoration des rois mages, *dessin au crayon noir et blanc.*

STROCK (J.)

338 — Tête d'homme, d'après Rembrandt, *beau dessin à la sanguine.*

VANLOO (C.)

339 — Jeune dame chantant, *dessin au crayon noir et blanc.*

340 — Bacchanale, *dessin au crayon noir et blanc.*

341 — Jeune femme, *dessin à la sanguine.*

VAN DER MEULEN

342 — Têtes de chevaux, etc.. 6 *dessins à la sanguine et à l'encre de Chine.*

VARIA

343 — Femme et son enfant. — Tête de vieille femme. — Paysages, d'après Ostade, Dussart, etc., 11 *dessins, aquarelles, sépia, etc.*

VERNET (C.)

344 — Etudes de figures et de chevaux, 34 *dessins à la plume et à la mine de plomb.*

VIEN

345 — Saint, *dessin à la sanguine, crayon noir et blanc.*

346 — Tête de jeune fille, *beau dessin à la sanguine.*

VOS (M. de)

347 — Mucius Scevola, *dessin à la plume et sépia.*

WATTEAU (A.)

348 — Jeune femme à la balançoire, *dessin au crayon rouge et noir.*

349 — Jeune homme aux pieds d'une jeune femme, *dessin à plusieurs crayons.*

350 — Jeune homme à genoux, *dessin à plusieurs crayons.*

351 — Etudes de Chiens, *dessin au crayon rouge et noir.*

WILLE (P.-A.)

352 — La Ribotte, dans le rôle de Jacquot parvenu, *très-beau dessin à la sanguine.*

353 — Etudes de figures, 29 *dessins à la mine de plomb.*

WOUVERMANS (P.)

354 — Cheval mangeant, *dessin à l'encre de Chine.*

———

BLAISOT

355 — Portraits pour illustrations de livres, 12 pièces.

BERVIC et GODEFROY

356 — L'Education d'Achille, d'après Regnault. — L'Enlèvement de Déjanire, d'après Guido Reni. — Bataille d'Austerlitz, d'après Gérard, 3 pièces.

COLIEZ

357 — Plan d'élévation du Temple de la Raison à Valenciennes. *Joli dessin original*, 1 pièce.

MARX

358 — Les Incas à Valenciennes, suite de 23 pl. grav. à l'eau forte avec texte, par J.-B. Foucart, in-4° obl. dem. rel. del. c. v. rose, 1866.

MASSARD, FISCHER, etc.

359 — Scènes tirées des tragédies de J. Racine, d'après Gérard, Chaudet, etc., 5 pièces, in-fol. à toutes marges.

LANDON

360 — Portraits de personnages célèbres, grav. au trait. 230 pièces.

SAINT-AUBIN

361 — Portraits pour illustrations de livres, 26 pièces.

362 — Sous ce numéro seront vendues une grande quantité de gravures de tous genres classées par lots.

OBJETS D'ART, ETC.

363 — **Hercule et Lycas.** — Superbe bronze patine brune, de *Canova*, plein de vigueur, de mouvement et d'expression.

> Hercule va précipiter dans la mer le malheureux messager qui lui a apporté la tunique de Nessus ; il l'a saisi à revers par l'extrémité du pied gauche et par sa longue chevelure. Lycas, épouvanté s'attache de ses mains crispées à la dépouille du lion de Némée et à l'autel de Jupiter.

H. 63, l. 40.

364 — **Voltaire,** bronze patine brune, h. 37, sur piédestal marbre h. 22.

365 — **Rousseau,** bronze pendant du précédent.

366 — **Henri IV et Sully,** 2 bustes bronze patine brune, sur piédestal marbre Louis XVI.

367 — **Voltaire et Rousseau,** 2 bustes bronze patine brune, sur piédestal marbre gris Louis XVI.

368 — **La Fontaine,** statuette bronze, h. 39, l. 17, sur socle marbre.

369 — **Deux petits Bustes** en marbre blanc, sur piédestal marbre de couleur.

DAVID D'ANGERS (Médaillons en bronze)

370 — Mme Roland, 1832.

371 — Rouget de Lisle, 1833.

372 — Marat, 1830.

373 — Carnot.

374 — Cavaignac, 1830.

375 — Grégoire, ancien évêque de Blois, 1828.

376 — Manuel.

377 — Robespierre, 1835.

378 — Béranger, 1830.

379 — Armand Carel, 1832.

380 — L'abbé de Lamennais, 1831.

381 — Merlin de Douai, 1833.

382 — Dupont de l'Eure, 1838.

383 — Prieur de la Côte-d'Or.

384 — Robespierre jeune, avec la légende :
        Je partage les vertus de mon frère, je veux partager son sort,
    je demande aussi le décret d'arrestation contre moi (9 Thermidor).

385 — Raspail, 1835.

386 — Garnier Pagès.

387 — George Sand.

388 — De Potter, citoyen belge, 1831.

389 — J. Bentham.

390 — Cormenin, 1834.

391 — Le Bas, membre de la Convention.

392 — **Molière et Corneille,** deux médaillons commératifs, bronze.

393 — **Presse-Papier** marbre blanc, avec sujet bronze représentant le chapeau de Napoléon Ier.

394 — **Lot de Médailles** commémoratives de la période révolutionnaire.

395 — **Dantan**. Une question difficile ; groupe en plâtre représentant un tribunal en séance (1838).

396 — **Sous ce numéro** seront vendues un certain nombre de pièces en marbre, albâtre, plâtre, etc., etc.

———

397 — **Deux Buffets** demi-lune en acajou avec dessus en marbre.

398 — **Une Bibliothèque** en acajou à quatre portes vitrées avec buffet.

399 — **Un Buffet** acajou avec sept tiroirs.

Ce meuble a été établi spécialement pour renfermer des gravures.

———